愛慕

岡本 享子
Okamoto Kyoko

文芸社

目次

愛慕

空ろ

ただ、流されるままに生きてきた人生だった。

大学卒業後なんとなく就職し、二十七のときに上司の勧めで見合いをした女性と結婚した。

三人の子どもに恵まれ、贅沢ではないが不自由なく暮らし、再雇用を経て今年定年退職すると生活ががらりと変わった。

妻がいれば話し相手にでもなっただろうが、一昨年病気で亡くなった。

子どもたちは皆とっくに家を出てそれぞれの生活を送っている。孫が三人いるがめったに会うことはない。

これといった趣味はない。連絡を取り合う友人もいない。

することもなく時間だけ過ぎていく日々。

寂しいとは思わない。

ただ、少し、虚しい。


六月。二回目の妻の祥月命日は雨だった。

ゆらゆらと立ち昇る線香の煙をぼんやりと眺めながら、二年前を思い出していた。

あの日もしとしとと雨が降っていた。


家で昼食をとっていたら、いよいよ危ないと看護師から連絡があり、私はタクシーで病院へと向かった。

家から病院まで三十分。

早く着いてほしいような、まだ着いてほしくないような、複雑な感情でいた。

病室に入ると、看護師から声をかけてあげてください、と言われた。

しかし、何を言えばいいのかわからなかった。

妻が入院したとき、もう長くはないと言われ、一昨日に見舞いに来たとき、覚悟をしてくださいと言われた。

覚悟って、何をどうすればいいのだ……。

何の心構えもできていないまま、妻の横に立っていた。

静寂がいたたまれない――

そう思い始めたとき、連絡した子どもや孫たちが次々にやってきた。

病室に入るなり妻の元に駆け寄り、

「お母さん、よく頑張ったね」

「いっぱい迷惑かけてごめんね」

「あとのことは心配しないで」

「ありがとう」

子どもたちは思い思いに語りかける。

私は不謹慎にも感心していた。

そうか。そんな言葉をかければ良いのか……。

しかし、私は相変わらず声をかけることができないままでいた。

窓の外に見える空がほんのり暗くなり始めたころ、妻は静かに息を引き取った。

子どもたちはそれぞれの表情で、冷たくなっていく妻の顔を見ていた。

死というものを知らない一番幼い孫は、笑顔でばぁばと呼びかける。

私は病室の端っこで、茫然と突っ立っていた――


「お父さん、ずっと家に籠りっきりだけど大丈夫？」

娘の声ではっと我に返る。

仏壇に手を合わせ終わった長女が、私の顔をまじまじと見ていた。

「大丈夫だ。特に不自由はしてない」

「不自由はしてないんだろうけどさ……ちょっとは外に出たら？　気分転換になるよ。ほら、お散歩してみるとか、あっ、映画は？　映画でも観に行ったら？」

「別に観たい映画もない」

「誰かとお喋りしたいとかは思わない？」

「思わん」

「ずっと家にひとりでいてもつまらないじゃん。何か刺激を探しておいでよ！」

「刺激なんかいらん！　ほっといてくれ！」

このガンコジジイ。声には出さないが、娘の顔がそう言っている。

わかっている。

気分転換云々よりも、認知症を気にしての言葉だろう。家の中でずっと代わり映えのしない生活を続けていたら早々に老いていくのではないかと心配しているのだ。

自分でも全く気にならないわけではない。

だが、家から出てどこに行って何をしろと言うのだ。あてもなくふらふらしていても疲れてしまうだけで、三日ともたない。そんな三日坊主にすらならないものをしようとは思わない。

時間の無駄だ。

いや、時間は有り余っているのだが……。

喫茶フィリオ

八月。私はとある喫茶店に来ていた。

珈琲は嫌いではないが、特段好きというわけでもない。

いつのころからか、まわりが皆飲みだしたから、同じように飲むようになっただけだ。

だから〝珈琲が美味しい喫茶店〟というものにもそんなに興味はそそられなかった。

しかしある日、娘が急に電話をかけてきてこう言い出した。

「あ、お父さん？　あのね、三池小学校ってわかるよね？　そこの向かいに喫茶店があるんだけど、すごく珈琲が美味しいらしいの！　ちょっと行ってみてよ」

次の日も、

「あ、お父さん？　今日ママ友と三池小学校の向かいの喫茶店行ってきたの！　噂どおり、珈琲もとっても美味しかったんだけど、雰囲気がすっごいよかったの！　これはお父さん好きだと思うよー。行っておいでよ！」

その次の日も、

「あ、お父さん？　ちょっと聞いたんだけどさ、三池小学校の向かいの喫茶店、マスターこだわりの珈琲豆を焙煎してるんだって！　マスター、顔に似合わず繊細な仕事するんだなぁ」

そのまた次の日には、

「お父さん聞いて!!　三池小学校の向かいの喫茶店のマスターの顔、セイウチにそっくりなんだよ！　見に行っといでよ！」

何だそれは。そんなことで私が行くとでも思っているのか。

終いには、

「ちょっとお父さん！　三池小学校の向かいの喫茶店、なんでまだ行ってないの？」

と怒り出した。

耳にタコができた。

きっと娘は、私がその喫茶店に行くまで意地でも毎日電話をかけてくる気だ。

「わかった！　わかったよ！　行くよ！　明日行ってくるから！」

そう言って電話を切った。

そんなに外出させたいのか。

場所はどこでも良いのだろう。近場に手ごろな喫茶店があったから、そこを推してみようとでも思ったに違いない。

一度行けばうるさい娘の口も塞がるだろう。

そんな気持ちで三池小学校の向かいの喫茶店までやってきた。

喫茶フィリオ――それが喫茶店の名前だった。

少し重いドアを開けると、カランコロンとドアベルの音が響いた。

まるで、セピア色の昔の写真を見ているかのようだ。

ここだけ時間が止まっているのか……？

そう思わせるほどノスタルジックな店内だった。

「いらっしゃいませ。お好きな席にどうぞ」

落ち着いた男性の声が聞こえてきた。

カウンターの中で珈琲を淹れている、あの人がマスターかな。私より少し上の年代に見える。細身の身体にダークグレーのエプロン。優しそうな顔には短めの顎鬚を蓄えていて、少し小さめの目は、穏やかな雰囲気を醸し出している。

あの人のどこがセイウチに似ていると言うのだ。

あれはジュゴンじゃないか。

店内には、カウンター席が数席と、四人掛けのテーブル席が四つ。

カウンターに座る勇気はなく、手前から二つ目のテーブル席に座った。

マスターと同い年くらいの、小柄な女性が水とおしぼりを持ってきてくれた。奥さんだろうか。

「ご注文はお決まりですか？」

「えぇと、ブレンドをお願いします」

「かしこまりました」

にっこりと笑ってカウンターの中へ入っていった。

おしぼりで手を拭いて、ほっと一息つく。

背もたれに背をつけながら、改めて店内を見渡してみた。

天井から下がる小ぶりなシャンデリアは、オレンジがかった優しい光で店内を照らしてくれる。デザインも華美すぎず、とても上品だ。

壁際にあるのは黒電話じゃないか。見たのは何年ぶりだろう。まだ使えるのだろうか。それともインテリアとして置いているだけなのか。

テーブルとイスは木目のもので揃えているんだな。深みのある色で良い味を出している。

そういえば、窓枠も——

窓の方に目をやると、窓際の席にもう一人客がいた。

鼻筋の通った、整った顔立ち。

少し細身で、小綺麗な白いジャケットがよく似合っている。整えられたシルバーヘアの隙間からは小さなイヤリングが控えめに顔をのぞかせていた。

窓から差し込むやわらかな陽の光に包まれながら、その女性は外を眺めていた。

じろじろ見るのは失礼であるとは思いながらも、女性から目が離せない。

美しい。

心の底からそう思った。

過ぎ来《こ》し方

私は、自分で言うのもなんだが、若いころは相当モテた方である。

何もしなくても女性のほうから声をかけてきて、誘われるがままついて行き、求められることに応え続けた。そのうちパターンが見え始める。そうすると、相手の求めるものもわかるようになり、女性の扱い方も上手くなった。

お陰で男としての経験は随分積むことができた。

可愛い娘、綺麗な女性、明るい女子、おとなしめなひと、いろんな女性と関係を持ったが、真剣に付き合ったことは一度もない。

あくまでも遊びであり、本気ではない。

無論トラブルも多く勃発した。

ある女性とのデート中に、他の女性とばったり会ってしまう、なんてことはしょっちゅうあった。まぁ、いつでも誰とでも同じ場所にばかりデートに行っていたから、出くわしてしまうのは当然だ。何度も失敗しているのに、よくもまあ、懲りずにまた同じところに行っていたなと自分でも思う。

もっとデート先のバリエーションを増やしておけば避けられたことだ。

そのせいで女性同士が取っ組み合いの喧嘩になったこともある。女性の喧嘩というものは非常に恐ろしいものなのだと、その時初めて知った。男の喧嘩よりも数倍怖い。特に顔が。

住所を教えていないし、戸締まりも完璧にしていたのに、真夜中に家に帰ったら、私の部屋の真ん中で女性が座っていた、ということもあった。

しかも電気もつけずに真っ暗な中で。私の顔を見ると、おかえりなさい、と言って、にたっと笑う。

見てしまった……見えてはいけないモノを見てしまった。とうとう、この世のモノでないものが見えるようになってしまった……。

成仏してください、あちらの世界へ戻ってください、と、心の中で唱える。が、女性はぺたっぺたっとこちらへ歩いてくる。

逃げたいのに足が動かない。

女性が手を伸ばし、私の顔に触った。

……ん？　手、温かい……？

ちょっと手汗もかいている。

え？　この世のモノ？

しかし、その時の女性の笑っていない目は何十年経っても忘れられない。

私と結婚したと思い込み、信じて疑わない女性もいた。

ある日突然、

「ねぇ、そろそろ子どもも作らない？」

とか、

「家は賃貸より思い切って買っちゃう方がいいかな？」

とか、

「老後のために貯金しておかないとね！」

とか、まるで妻が夫に言うようなセリフを言い出した。

「ちょっと待て、君とは結婚していないぞ」

と言うと、

「ずっと一緒にいようねって言ったじゃない！　婚姻届に判を押して一緒に出しに行ったじゃない！」

と泣き叫ぶ。

あまりにまっすぐな目で言うので、こちらが間違っているのかと不安になり、戸籍謄本を取り寄せて確認した。

やっぱり結婚はしていない。

その謄本を見せながら、

「ほら、俺の戸籍に妻の記載はないだろ。俺と君とは、結婚していないんだよ」

と説得しようとしたが、

「そんなの偽物よ」

と聞く耳を持たない。

毎日毎日それの繰り返しで、埒が明かない。

そんな日が数か月続くと、流石に私も精神的に参りだした。

最初は自業自得だと笑っていた人たちも、

「もう本当に結婚してしまった方が楽になるかな……」

と、私がぶつぶつ言いだしたので、本気で心配してくれるようになった。

しばらくして、憔悴しきった私を見かねた友人たちが手助けしてくれ、私はその女性から離れることができた。

その後、そのひとがどうなったのかは知らない。


そんなこんなで女性と遊ぶことに疲れたころ、ちょうど見合い話があったのであっさりと結婚したというわけだ。

結婚後も他の女性とちょっと……が、全くなかったわけではない。良くないことだとは理解していた。

しかし、ちらちらと上目遣いで寄ってくる女性を見ると疼いてくる。それまでの癖がそう簡単に抜けるものではなかった。

妻がどこまで知っていたかはわからない。しかしそれについて問い詰められたり責められたりした記憶はない。

長年連れ添った妻に対しても、特別な感情を抱くことは最期までなかった。

戸惑い

初めての喫茶フィリオでは、娘が言っていた〝とっても美味しい珈琲〟を充分に味わうことはできなかった。

窓際に座っていた女性を盗み見ていることを誤魔化すためだけに、珈琲を飲んでいた。味わうどころの話ではない。気づけばカップはすでに空になっており、いつ飲み終えたかすら覚えていない状態だった。

珈琲がないことに気づくと同時に我に返った私は、何となくうしろめたい気持ちになり、ばつが悪くて店を出た。

喫茶店から家までの道のりもうろ覚えだ。

家に帰ってからも、風呂に入ったあとも、喫茶店で見た女性のことが頭から離れない。

コーヒーカップを持つ指先、長いまつげ、赤い紅を塗った唇……。

気付くとぼうっと佇んでにやにやしている。

何かの拍子にはっと我に返り、しっかりしろ俺。と、気持ちと顔を引き締める。が、またすぐに緩んでくる。

何だこれは。こんなこと初めてだ。これでは、ただの気持ち悪いオジサンではないか。

……一人暮らしでよかった。こんな姿、誰にも見せられない。

他のことをして気を紛らわせようと、いくつか試みた。

新聞を読もう。

三面記事に昨日起きた事件のことが載っている。神戸市で六十二歳の女性がすれ違いざまに男に刃物で切り付けられ……被害者は喫茶店のあの女性と同い年くらいだろうか。彼女は細いから、狙われやすいかもしれ……ん？　またあの女性のことを考えている!?

新聞はいかん。音楽を聴こう。

蓄音機にレコードをセットした。

昔からジャズを聴くのが好きだ。特にスタンダードナンバー。楽器はできないし、理論なども全くわからないが、何とも言えない色気があって……喫茶店の女性も色気があったな。彼女はジャズは好きだろうか。一緒にビッグバンドのコンサートにでも行ったら盛り上が……ん？　またあの女性のことを!?

音楽はいかん。情緒が揺さぶられる。テレビを見よう。

「この秋スタートのドラマ『シニアの恋』は、定年退――」

すぐ消した。だめだ！　まんま俺のことじゃないか！

結局、何をしていてもあの彼女の姿が浮かんでくる。

何も手に付かないとは、こういうことか……。

何か喋ったわけでもない。肌に触れたわけでもない。ただ見ていただけだ。何もできず、ただ、見とれていただけなのだ。

一度見ただけの女性のことが、こんなにも気になって仕方がないなんて……自分でも信じがたい。

昔の私は、こんな感じではなかったはずだ。

生活が恋愛一色になってしまうなど、おとぎ話の中だけだと思っていた。

恋に溺れた友人を哀れむ目で見ていたこともあった。

自分には無縁のものだと思っていたのに……。

遡ること数十年前、中学生だった私は、初めてラブレターをもらった。

「ずっと見ていました。好きです」

悪い気はしなかったが、胸が高鳴ることはなかった。その女子とは付き合うことになったものの、

「私のこと、好きじゃないよね」

と言われ、その通りだったので否定することもできず、あっという間に破局を迎えた。

その後、高校でも大学でも途切れることなく彼女はいた。でも何人と付き合おうが、好きという感情は芽生えなかった。

学生時代のアルバイト先に、彼女を溺愛している先輩がいた。その先輩の会話には、

「ほら、彼女って、愛しくてたまらないじゃん」

とか、

「思わずぎゅってしたくなるんだよね」

とか、

「独占したいわぁ。できれば俺以外の人と会ってほしくない」

とか、彼女への強い想いが端々に出てきた。

私はそんな先輩を、異世界の生物でも見るかのような目で見ていた。

本当に俺と同じ人種か――？

その視線に気づいた先輩から、

「俺が変わってるんじゃないからね！　君が、まだ本当の愛を知らない可哀想な人なだけだからね！」

とよく言われた。

俺は可哀想なのか――？

そのアルバイトを辞めて数か月後、その先輩は彼女から、

「あんた重い。しんどい」

と言われて振られたと聞いた。

結局先輩だって〝本当の愛〟は知らなかったんじゃないか。

そう思うと、余計に好きとか付き合うとかがわからなくなった。もう、どうでもいい。彼女を作るのなんて煩わしいとさえ思うようになった。

それからは、どんなに告白されても特定の彼女は作らないと決めた。

割り切ったドライなお付き合いしかしない。それが楽だった。

派手な化粧で、キツい香水をつけ、露出多めの女性と絡むことが多くなった。しかも、毎回違う女性を連れて歩いているので、まわりからは白い目で見られることが多かった。

それでもいい。俺は俺だ。

俺は、可哀想なんかじゃない。


――と、そんな感じだったのに、この齢《とし》になってこの有様だ。

今なら、あのアルバイト先の先輩の言うことがよくわかる。

若いころの〝彼女なんて作らない〟という信念は、結局のところ、好きという感情がわからなかったから、それに蓋をして殻に閉じこもっていただけだった、ということか。

やっぱり私は可哀想な奴だったんだ。

ため息をつきながら、もう寝てしまおうと布団に入った。

しかし目を閉じると悶々と考えてしまう。

喫茶店の彼女は、今何をしているんだろう。何を考えているんだろう。どんな声をしているのか。どんなふうに笑うのか。あの窓から、何を見ていたんだろう。

夜が更けるにつれ、想いはどんどん強くなる。

結婚しているのだろうか。家族は何人だろう。今までどんな恋をしてきたんだろうか。どんなひとが好きなんだろう――

結局一睡もできずに朝を迎えてしまった。

自分が一目惚れするなんて。

女性を相手にどうしたらいいかわからず、何もできないなんて。

戸惑う。認めたくない。

しかし、そう思えば思うほど、あの女性の姿が目に浮かぶ。

今日もあの喫茶店に行ってみようか……。

新しい出会い

佐藤淑子《とし こ》。彼女はそう名乗った。

喫茶フィリオにほぼ毎日通うようになって二週間ほど経ったころ、彼女の方から話しかけてきた。

「お近くにお住まいですか？」

珈琲を噴き出してしまいそうになった。

驚きと高揚で声が出ない。

頑張れ俺。落ち着け俺。息を吐いて心拍数を下げろ。

大きくゆっくりと息を吐き、何事もないような表情をして顔を上げた。

「ええ。隣町に住んでいます」

普通の声だっただろうか？　程よい声量だったか？

「最近よくお見かけするなぁと思って」

ええ。来ています。

あなたのことが気になって、あなたに会いに毎日来ています。でもそうは言えない。

何か他の理由を――

「ここの珈琲にはまってしまって。ほぼ毎日通っています」

彼女は特に疑いもせず、会話を続けた。

「私も三か月ほど前からちょくちょく来ているんです。いつも窓際の席に座らせてもらっているの」

頭も心臓もフル回転で言葉を捻出する。

「窓から見える景色が好きなんですか？」

「――えぇ、まぁ」

少し間があったような気がした。しかし、今の自分はあまり深く考えられる状態ではない。

「独り身で、家にいてもすることがなくて。ここに来たらマスターや奥さんとお話もできるし、美味しい珈琲が飲めるし。それに――」

彼女は少し俯き、微笑みながら言った。

「新しい出会いもありますし……ね」

心臓が跳ね上がった。もう頭の中は真っ白だ。

何も言葉が出てこず、どうしようかとうろたえているうちに彼女は、

「お話しできてよかった。じゃあ、また」

と言って店を出てしまった。

しばらく何も考えられず茫然としていた。

うわの空で珈琲をすすり、口の端からこぼしてしまった。

我に返り、慌ててよごれたシャツをおしぼりで拭きながら、少しずつ彼女との会話

を思い返す。

独り身だと言っていた。

新しい出会いもありますし……って、それはもしかして――

いやいや、ただ単なる友人として、いや、知り合い程度かもしれない。

そもそも彼女も私も恋などという齢でもないじゃないか。

でも――

彼女の言ったセリフを繰り返し思い出しながら、ぐるぐると同じことばかりを考えていた。

「今日も眠れそうにないな……」

そう呟きながらも、こぼれだす笑みを堪えることはできなかった。

それから、彼女とは喫茶店で顔を合わすたびに他愛もない世間話をするようになり、いつしか相席が定番になった。

もちろん窓際の席である。
まだ多少緊張するが、落ち着いて会話できるまでにはなれた。
珈琲の味を楽しめるくらいの余裕もできた。
娘の言う通り、本当に美味い珈琲だ。
彼女も美味しいと何度も言いながら珈琲を飲む。その顔を見ると私も嬉しくなった。
どちらかが帰る際には必ず、
「次はいつ来る?」
と聞いてくるのが可愛らしい。
もっと彼女のことが知りたい。
何が好きなのか。どんなことで喜ぶのか。
どんな暮らしをしているのか。
ある日、その思いが暴走する出来事が起こった。

気づけばストーカー!?

夜明け前から本格的な雨が降っていた日だった。

雨の日に外出するなんて、少し前の私からは想像もできないことだ。

傘をさすのが面倒くさい、わざわざ濡れてまで外に出るなんて馬鹿らしい。そう思っていたはずだ。

しかし今の私は、雨なんて気にせず浮かれた気分で家を出るのだ。

なんなら、雨も趣があっていいなとまで感じるようになった。

こんなにも自分が変わるなんてな――

そんなことを考えながら、軽い足取りでいつものように喫茶フィリオに行こうと商店街を歩いているとき、少し遠くから聞きなじみのある声がした。

「そんなに急《せ》かさないでよ」

「ちんたらしてんじゃねえ！」

「もう、怒鳴らないで……」

ぶつぶつ言いながらも傘を片手に小走りで必死についていく姿は、まぎれもなく佐藤淑子だった。

隣にいる男性は……？

自分と同年代くらいに見えるが、一体あれは誰なんだ。お互いに遠慮のない話し方。相当近しい関係なのだろうか。

謎の焦燥感に襲われ、後をつけた。

五分ほど歩いたところで、二人はお世辞にも綺麗とは言えないアパートの一室に入っていった。

あそこが彼女の家なのか？　それとも男の家か？

一緒に部屋に入って、一体何をしているんだ……?

ひどく裏切られた気分になった。

独り身だと言っていたのに。

ほぼ毎日、楽しく喋っていたのに。

あんなに懐っこい顔を向けてきたのに。

この感情を何というか知っている。

嫉妬だ――

私は為す術もなくじっとそこに佇んでいた。

どれくらい時間が経っただろうか。定食屋がランチタイムの看板を出し始めたころ、アパートから彼女が一人で出てきた。

そこから彼女がどこに向かうのかすぐにわかった。

今から喫茶フィリオに行くのだ。

きっとこのあとすぐに店で顔を合わせたとしても、彼女は何食わぬ顔でいつものように喋りかけてくるのだろう。

こちらの気も知らないで。

知らないのは当然だ。私の思いは一方的だし、彼女と何か約束したわけでもない。私が勝手に怒っているだけで、彼女には何の非もない。

頭では理解しているが、どうも感情が高ぶってしまう。悔しいやら情けないやら、気持ちの整理がつかず冷静になれそうにない。

その日は喫茶フィリオに行くのはやめて、家に帰ることにした。


それからしばらく、私は喫茶フィリオに入ることができなかった。

彼女に面と向かって会う勇気が持てなかったのだ。

しかし、店内にこそ入らなかったが、毎日彼女が店にいるかは外から確認していた。

彼女は窓際の席に座るから、いるかいないかは外からでもすぐわかる。

いるときは妙に心が落ち着き、しばらく外から彼女を眺めてから、帰宅した。

いなかったときには居ても立ってもいられず、あのアパートに様子を見に行った。

今日もあの男と一緒なのか——

そんなことを悶々と考えながら物陰からずっと部屋を見ていた。

玄関の方からだけではなく、ときには裏手にも回ってみる。裏には小さなベランダがあったが、洗濯物をはじめ、日用品などは何も置かれていなかった。

見れば見るほど、生活感のない部屋のように思える。

もう何日かここに来ているが、最初に見たあの日以来、彼女がここに出入りしているのを見たことがない。

住んでいるわけではないのか……？

そんな疑問を持ち始めたとき〝地域みまわり隊〟という腕章をつけた年配の男性に声をかけられた。

「最近、よくこのあたりにいますよね。何しているんですか」

「あ……知り合いの家がこの付近にあるんです……」

「ほう。お知り合いが。会いに来られたんですか?」

「いや、会いに来たわけでは……」

「会わないの? じゃあ何しにここへ?」

「彼女が……どうしているのか気になって……」

「え? 何? 最近小さい声が聞こえないのよ」

「いや、大丈夫です。何でもありません」

「何でもないことないでしょ。何か心配事があるなら、一緒に確認しますよ」

「いえ、お手を煩わすほどのことでは……」

「遠慮しないで。警察に協力を請うこともできますよ。一緒に交番まで行きましょうか」

警察……?

そのとき初めて、みまわり隊のおじさんに、私が不審者として見られていることに気付いた。

そして自分がしていることはストーカーまがいの行動だということにも、ようやく気が付いた。

何をしているんだ俺は――

冷静な判断ができなくなっている自分が恐ろしくなった。

「すみませんでした。もう帰ります」

足早に立ち去ろうとしたが、不審な老人を簡単には帰してくれない。

「いやいや、一緒に確認しましょう」

「本当に結構ですので」

「でもずっと見ていたじゃない。確認して、すっきりさせましょうよ」

「そ……そんなに見てないですよ」

「いやぁ、あなた見てましたよ。ずっと。じっと」

「あなたこそ、私のことずっと見ていたんですか!?」

「見てましたよ。あなたのこと。怪しかったもん」

「怪しいって言いました!?」

「言いましたよ。本当だもん」

「失礼だな、あんた」

「失礼でも何でも、怪しい人をそのままにはしておけないよ。それが僕の仕事なの」

「もう帰るからいいだろ！」

「僕の話、聞いてた？　帰すわけにはいかないよ。ちょっと事情を聞かせてもらわないと」

「事情？　事情なんて何もないよ！」

「いやあ、それは言い訳としても苦しいよ」

「もう、ほっといてくれ！」

「ほっとけないよ」

そんなやり取りがしばらく続いたとき、偶然パート帰りの娘が通りかかった。

「お父さん!?」

娘が、みまわり隊のおじさんに、

「すみません、何かの勘違いだと思うんです。責任をもって連れて帰りますので……」

と説得してくれ、やっと帰してもらうことができた。

家に帰ると、今度は娘から矢のように質問が飛んでくる。

「ちょっと、どういうこと!? あんなところで何してたの!? 怪しまれるくらい変なことしてたの!? ずっとあそこにいたの!? 何か探してたの!? 誰かに会いに行ってたの!? みまわり隊のおじさん、ちょっとカバに似てない!?」

早口でまくし立ててくる娘に、

「迷惑をかけてすまなかった!」

とだけ言い、私は寝室に引きこもった。

娘は腑に落ちない顔をしていたが、それ以上は詮索することもなく、自分の家に帰っていった。

とんだ老害だな……と自分で自分を卑下しつつ、しばらく外出は控えようと反省した。

告白

それからの数日間は、以前のように家に引きこもっていた。

以前と異なることと言えば、もう彼女のことを考えずにはいられなくなっていたことだ。

私が家にいる間に、またあの男と会っているかもしれない。そんな焦りさえ抱くようになっていた。

彼女に会いたい。

だが、彼女に会って冷静でいられるか？　自分勝手な怒りをぶつけてしまわないか？

最近は自分がどんな行動をとってしまうのか、自分でもわからなくなっていた。

自分が怖い――

そもそも、店に彼女がいるとも限らないじゃないか。

もしいなかったらどうする？

もうあのアパートの近くには行けない。またみまわり隊のおじさんに会ってしまったら、次こそは警察に連れていかれる。

そんなリスクを冒してまで彼女に会いに行くなんて、やめておいた方がいいに決まっている。

でも――

結局、逸る気持ちを抑えきれず、とうとう喫茶フィリオに来てしまった。

店のドアを開けると、マスターが優しい笑顔で迎えてくれた。

「いらっしゃい」

その声をかき消すかのように彼女が駆け寄ってきた。

「長い間来なかったけど、何かあったの？」

一瞬固まった。

短く息を吸って、彼女から目線を外しながら答えた。

「いや、大したことないよ」

「大したことないって……心配したんだから！」

思わせぶりなことを言わないでくれ！

そんな私の気も知らず、彼女は続ける。

「ねぇ、連絡先交換しない？」

彼女から思いもよらない言葉が飛んできた。

半月ほど前なら、瞬時にＯＫしていただろうが、今はそうはできなかった。

むしろ怒りが込み上げてくる。他にも会っている男がいるくせに――

「いや、やめておこう」

「え……ダメ？　どうして？　何かあったときにお互い連絡がとれるでしょ？」

「あなたと僕は、そんな近しい関係じゃないでしょう?」

彼女は驚いて目をまるくしていた。

「マスター、ごめん。今日は帰るよ」

そう言って店を出た。

あんなに会いたいと思っていたのに、自分から離れてしまった。

ずっと繋がっていたいと願っていたのに、そのチャンスを拒否してしまった。

私は一体どうしたいんだ。

自分でもわからない。

わかっているのは、今までに感じたことのないドロドロした感情が込み上げてきて、思ってもないようなことを言ってしまったということだ。

足早に家に向かって歩いていると、後ろから女性のヒールの音が近づいてきた。

彼女が小走りに追いかけてきているとわかったが、スピードは落とさなかった。

「ねえ、待って!」

彼女が私の手を掴み、息も絶え絶えに聞いてきた。

「どうしてあんなこと言うの？　やっぱり何かあったの？」

振り向いて、勢いよく声を発した。

「僕は……」

しかし、そのあとの言葉が出てこない。

言葉のかわりに、涙がぽろぽろとこぼれだした。

違う、泣きたいんじゃない。泣くなんて格好悪い――

若いころだったら、スマートにぎゅっと彼女を抱きしめて、キスくらいしていただろう。

今は手も足も動かず、涙をこらえることすらできない。

齢を取ると、こんなにも自分をコントロールできなくなるのか――

「落ち着いた？」

公園のベンチに座り、彼女は優しく手を握ってくれていた。

「うん、取り乱してすまなかったね」

「ううん」

しばらくの沈黙の後、私は力なく喋り出した。

「僕は、あなたに惹かれているのだと思う」

彼女の顔を見る勇気がなく、下を向いたまま続けた。

「あなたに近づきたいと思う反面、近づくのが怖いとも思う。どうしたらいいかわからなくて、感情ばかりが溢れてくるんだ」

彼女は黙って聞いていた。

「こんな経験は初めてでね。迷惑をかけて申し訳ない。自分でも情けないと思ってるんだ」

「迷惑だなんて言わないで」

彼女は私の顔を覗き込みながら言った。

「私はとても嬉しい」

帰宅後、まだ私は夢見心地だった。
彼女に想いを伝えることができた。
そしてそれを嬉しいと言ってくれた。
彼女の手は、私よりも小さくて、少し冷たかった。
表情はとても優しく、包み込むような眼で私を見てくれた。
彼女が好きだ――
そんなことばかり考えて、やはり今日も何も手に付かない。
自分を落ち着かせようと顔を洗っているとき、携帯の着信音が鳴り響いた。
心臓が飛び出るかと思った。
彼女からの電話か!?

結局あの後、彼女に言われるままに連絡先を交換した。

連絡先を交換するのも一苦労だった。

赤外線でできるかな？　と聞いたら、やぁねぇ、スマートフォンにそんなものないわよ、と笑われた。ＱＲコード？　何だそれは。そもそもアプリとはどういう意味なんだ。

途方に暮れて遠い目をしているうちに、彼女がなんとか連絡先を登録してくれたのだ。

終わったころには、もう日が暮れかかっていた。

西日に照らされながら、彼女は神妙な顔つきで、もう帰らなきゃと呟いた。

遅くなってしまったことを詫びると、そんなこと気にしないでと、いつもの明るい顔で返してくれた。

そして去り際、彼女は手を振りながらこう言っていた。

近々、私から連絡するから――

早速彼女から電話が来たのかと思ったが――

画面を見て直ぐに冷静になった。娘からだった。

「お父さん、最近どう？　あれからあの商店街のまわりをうろうろしてないよね？　また不審者に間違われたりでもしたら、今度は助けられないからね！　だいたい、何でお父さんあんなところに」

「大丈夫だ！　うろうろはしていない！」

娘の質問を遮るように答えた。

「最近は喫茶店に行くくらいだ」

「喫茶店って、三池小学校の向かいの喫茶店？」

「お前が行けって何度も何度も言ってた喫茶店だろ」

「あれ？　あたしそんなに何度も言ったっけ？」

「あんなにしつこく電話で言ってたのに忘れたのか!?」

「細かいことなんて覚えてないよ。そっかそっか。あそこの喫茶店行ってんだね。珈琲美味しいでしょ」

「確かに美味いぃ」

「マスター、アシカに似てるでしょ」

「お前、こないだはセイウチに似てるって言ってたじゃないか」

「セイウチだったっけ？　でも、似てたでしょ？」

「何を言ってるんだ。あれはジュゴンだ」

「まぁ、どっちでもいいわ」

お前が言い出したんだろが。

娘は構わず続ける。

「で、友達は？　できた？」

「…………」

「もしもし？　お父さん？　おーい。聞こえてる？　友達できたの？　できてないの？」

「あぁ……まぁ……」

少し照れくさくなった。娘は敏感にもそれを察したのだろう。

「……もしかして女性なの？」

「あ……いや……」

「女性なのね!?　その人も独身なの？　同世代のひと？　誰に似てる？　芸能人で言うと誰？　動物でもいいよ！　犬系？　猫系？　あっペンギンかな？　ペンギンも可愛いよね！　で？　いい感じなの？　仲良くなったんだよね？　毎日お喋りとかしてるの？　もう二人で遊びに行ったりしたの？」

また矢継ぎ早に質問が飛んでくる。

「もっ、もういいだろう！　切るぞ！」

強引に電話を切った。切ってから二秒後には、しまったと思った。

もっと落ち着いて否定すべきだった。これでは、そうですと言っているようなものではないか。

ああ見えて勘のいい娘のことだ。商店街の一件もその女性と関係があると、ピンと来たかもしれん……。

娘の最後の言葉が耳に残った。

もう二人で遊びに行ったりしたの？——

二人で遊びにはまだ行っていない。だが、約束はした。

次の日曜日、一緒に美術館に行くことになった。

美術品に興味はなかったが、彼女と一緒にいられるならどこでもいい。

結局、彼女は私の好意に対して嬉しいと言ってくれただけで、彼女の私に対する思いはわからないままだ。

しかし、私はそれでも満足だった。

それだけでも幸せだったのに、それに輪をかけるようにデートに誘われ、私は完全に舞い上がっていた。

初デート

日曜日。

私は遠足に行く日の小学生のようにはしゃいでいた。

待ち合わせ場所に三十分も早く着いてしまい、そわそわしながら彼女を待っていた。

彼女は五分ほど遅れて現れた。

「ごめんね。待たせちゃったかな」

「大丈夫。そんなに待ってないよ。行こうか」

そうして何十年かぶりのデートが始まった。こんなに浮かれた気分は本当に久しぶりだ。

美術館の観覧自体は思った通り退屈だったが、彼女が隣にいると、私は楽しくてしょうがない。

彼女はというと、私同様、美術にはそんなに興味がないらしく、作品を見ているのかいないのか、つまらなそうにしている。

何か話題になるようなものはないかと辺りを見回していると、彼女がさりげなく腕を組んできた。

緊張と興奮で体温が上がる。

「ねぇ、こうしてると、私たち夫婦に見えるかな」

「さぁ、どうかな」

「あなたとってもカッコイイから、友達に自慢できちゃうな」

自慢……？

何かが奥底でひっかかった。照れでも喜びでもない、怒りでも呆れでもない。

何だこの感覚は――

「ねぇ、やっぱりここつまらないから、もう出ようか」

そう言って、彼女はぐいぐいと出口まで私を引っ張っていった。

美術館に行こうと誘ってきたのは彼女だったが、特に興味もないのなら何故ここに連れてきたのだろう。

結局美術館を出て、少し早いが、ディナーのレストランへゆっくりと歩いて向かうことにした。

レストランまでの道のりの半分を過ぎたころ、ひときわキラキラした店の前を通りかかった。

「待って！　このお店、入ってもいい？」

「ん？　あ、あぁ。いいよ。もちろん」

アクセサリーの店だった。こういった女性向けの店に入るのは苦手だったが、彼女が目を輝かせていたので、嫌とは言えなかった。

私と腕を組んだまま、あっちに行き、こっちに戻り、店内を何度も何度もぐるぐると回らされた。

何を探しているんだ？　いや、何か特定のものを探しているわけではないのか——？

そんな疑念を持ち始めたころ、彼女が唐突に、

「ねぇ、これ、似合う？」

と、イヤリングを見せてきた。

「あぁ。似合うよ」

「とっても気に入っちゃった」

そんな目で見られたら、こう言わずにはいられないじゃないか。

「じゃあそれ、プレゼントするよ」

ディナーは、少し高級なレストランにした。

彼女はさっき買ったイヤリングを早速つけ、喜々として座っていた。

「これ、ありがとう。今日の服にもぴったり！」

「いいよ、そんな高いものでもないし。喜んでもらえたならよかった」

彼女が喜んでいるなら——

そう思うと同時に、また違和感を覚える。

何だ？　何かを思い出しそうな……。

そんなことを考えているうちに、前菜が運ばれてきた。

「わぁ！　とってもキレイ！」

そう言って彼女はスマホで何枚も写真を撮っていた。

私は料理の写真を撮る方ではないが、これは確かに残しておきたくなるほどの見栄えだ。

私はこんな高級レストランには滅多に来ないが、彼女もまた同じなのだろう。目に見えてテンションが上がっている。

しかし、こんなにも騒いでいるのは店内で彼女一人だけで、物凄く目立っている。

食べれば静かになるかと思い、

「さあ、そろそろ食べようか」

と促した。

そうね！　と言って、彼女も食べ始めたが、食べながらでも彼女の声が途切れることはなかった。

あぁ。そういえば、食べながら喋るという器用なことができる女性も多かったな。

長い間忘れていた。

まわりの客の目が気になる。

ちらっとしか見えていないが、斜め前の席のカップルはじろりとこちらを睨んでいるし、後方の老夫婦はクスクスと笑っている。

絶品の食事を思いっきり堪能することはできなかった。

食事もさることながら、ワインも相当なもの……だったのだろうと思う。

グラスに注がれたワインを、まずは香りを楽しみ、口に少し含ませて……と味わおうとしている私の目の前で、三口で飲み干す彼女。

その後ものすごい速さで、がばがばごぼごぼと飲んでいく。

「そんなペースで飲んで大丈夫？」

「だぁいじょぅぶよっ！　あたし、お酒好きだから！」

「いや、好きと強いとは……」

案の定、彼女は泥酔した。レストランを出るときには千鳥足だ。靴は脱げるし、服は乱れるし、おまけに気持ち悪いと言い出したので、慌てて会計を済ませて外に出た。

川沿いのベンチまで彼女を連れて行き、水を飲ませた。少し冷たい夜風が火照った身体には心地よい。まぁ彼女の酔いはこれで醒めるほどのものではないだろうが。

こんなになるまで飲むなんて……何か大きなストレスでも抱えているのだろうか。

それとも、ただの酒好きか？

アルコールが多分に入った彼女は、べたべたと私にくっついてくる。

「このままずっとこうしていたいなぁ」

そんなことを言いながら、誘惑するような目を私に向けてきた。

またこの感覚――身に覚えがある。

……思い出した。

昔、何度も味わったものと同じだ。

妙に冷静になった。

私は不意に彼女を抱きしめた。

何も考えず、身体が勝手に動いた。

若いころと同じだ。どんなに積極的な行動をしても、頭は冷静で、とても落ち着いている。計算して行動ができるのだ。

これまで彼女相手にはどうしてもできなかったことが、なぜ今になって急にできるようになったのか。その時はわからなかった。

彼女も私を抱きしめ返してくれた。

細い彼女の身体は少し力を入れると折れてしまいそうだった。

普段、ちゃんと食べられているのか？

抱き合いながらも、そんな心配までできるくらい、心に余裕があった。

「さあ、帰ろうか」

この先はまた今度……と自分に言い聞かせながら彼女を家まで送ることにした。

一人で歩けそうもない彼女を、半分抱きかかえながらタクシーに乗り込む。

「えっ……と、家はどこだっけ？」

「あはは。うち来る？　散らかってるわよ」

「君の家にお邪魔する気はないよ。商店街の方？」

「ううん。花見町」

花見町？　商店街とは少し離れている。男と一緒に入っていった、あのアパートに住んでいるわけではないのか？　あれは男の家なのか……？

タクシーの中でも彼女はぴったりと私に密着している。そんな状態でも、もう心拍数は上がらない。落ち着いて心地よい、という感じでもない。

ただ淡々と目的地に着くのを待っている。

次の角を曲がれば花見町というところで、

「ここで止めて！」

と彼女が急に大声を出した。

「どうしたの？　気持ち悪い？」

「う……ううん。もう、この近くだから、ここで降りるね」

「ここでいいの？　家の前まで」

と言いかけたとき、

「やめて!!」

と、半ば叫ぶような彼女の声が響いた。

私も運転手も驚いて車内はしんとなった。彼女は怯えた顔をしている。

「あ……ほんとに、もうすぐそこだから大丈夫。ありがとう」

タクシーを路肩に停め、彼女は下車した。

「今日はとっても楽しかった！　ありがとう。またね」

そう言った彼女の顔は、いつもと同じ表情だった。

「またね。おやすみ」

次に会ったときに、詳しい家の位置を聞いてみよう。そう考えながら、暗い住宅街に消えていく彼女を見送った。

このときは、まだ次があると思っていた。

救急搬送

次の日、私はいつもより少し遅めに喫茶フィリオに着いた。
しかし店のドアには臨時休業の札がかかっていて中には入れない。
珍しいな……こないだ来たときはマスターも奥さんも何も言ってなかったのに。
仕方がないので帰ろうとしたら、青い顔をした奥さんが店から出てきた。
「早く病院へ……」
奥さんが言うには、彼女は今日もいつもと同じように来店した。
少し顔色が悪く、疲れているのかなという印象だった。
珈琲を注文し、一口飲んだところで椅子から崩れ落ち、床に倒れこんだ。

慌てて駆け寄ってみると、意識は朦朧としていて呂律が回っていない。

これは良くないと思い、急いで救急車を呼んだ。

救急車にはマスターも一緒に乗って行った。

南総合病院に搬送され、今は集中治療室で懸命な治療を受けている。

とのことだった。

彼女が倒れた？　昨日はあんなに元気だったのに？　救急搬送された？　どうして？　なぜ彼女が？　飲みすぎたせいか？

動けずにいる私に、マスターの奥さんは声をかけてくれた。

「大丈夫……？」

その言葉で我に返った私は、とりあえずタクシーで南総合病院に向かうことにした。

病院に行ってみると、マスターが奥さんよりも青い顔をして立っていた。

そんなに悪いのか――

しかしマスターの話によると、迅速な治療の甲斐あって、予断は許さないものの病状は安定しているようだった。

では、マスターは何故そんな顔をしているのか——その理由はすぐにわかった。

「ミツカワハナエさんのご家族の方」

呼ばれて看護師さんの元へ行ったのは、以前商店街で彼女と一緒にいた男だった。

あの男の身内も搬送されてきたのか？

しかし、マスターのあの表情——

一抹の不安を覚えた。

その直後、私は男のうしろに一人の女の子がいるのに気付いた。

その子どもがふとこちらを向いた。

「瑠夏《るか》？」

「おじいちゃん！」

「どうしてこんなところにいる？」

私は混乱していた。

瑠夏は、

「おばさんのお家《うち》に遊びに行くとこだったんだけど、おばさんが倒れたっておじさんに電話がかかってきたから……」

「おばさんのお家に遊びに行く……？」

「うん。お家に向かってる途中だったんだよ」

男はちらりとこちらを見て小さく舌打ちをした。

どういうことだ？

おばさんって……？

小学四年生の孫とこの男らが友達だとでも言うのか？

「このこと、お母さんは知っているのか？」

「おじさんが、お母さんに連絡しといたよって言ってたから、お母さんも知ってるよ」

「おばさんの家には何回も行ったことがあるのか？　お母さんはおじさんやおばさん

と会ったことはあるのか？　お母さんはおばさんの家を知っているのか？」

「おばさんのお家に遊びに行くのは今日が初めてだよ。おじさんとおばさんは、お母さんと昔からの知り合いだって言ってた。あと……なんだっけ？　……おじいちゃん？」

私は混乱と不安で頭がぐちゃぐちゃになっていた。齢を取ると、情報処理能力も低下するのだ。こんなときにそれを痛感するなんて。

一部始終を聞いていたマスターが、

「今日のところは、お孫さんと一緒に帰ったら？　何かあったら連絡するよ」

と声をかけてくれた。

確かにここにいてもできることはないし、孫からもっと詳しく話を聞かなければ。この子の母親である娘も交えて。

ミツカワハナエと佐藤淑子

昔から子どもが好きだった。

小さいころの夢は〝やさしいおかあさん〟だった。

裕福でない家庭で育ち、お小遣いもあまりもらえなかったので、高校生になると、アルバイトも兼ねて親戚の飲食店を手伝うようになった。

店頭に立ちだして三か月ほどが経ったころ、毎日のように来ていた常連の男に声をかけられた。

「君、とってもキレイだね」

今まで誰からもそんな言葉をかけられたことがなかった私は、その一言でその人を好きになってしまった。

がっちりした体格で、色黒で、短髪で、私の好みとは正反対の人だったのに、顔を合わすたびに、彼のことをどんどん好きになっていった。

私よりも六つ上の彼は、私の知らないことをたくさん教えてくれた。

まわりの反対を押し切り、高校卒業と同時に籍を入れた。

若くして結婚したのだから、すぐにでも妊娠するだろうと思っていたけど、何年経っても子どもに恵まれることはなかった。

私の体質なのか、夫との相性が悪いのか、精神的不安からか、理由はわからない。

病院で原因を調べることも治療をすることもなく、ただ奇跡を待っているうちにタイムリミットが来て、永遠に出産することができなくなった。

結婚して最初のクリスマス、警察がうちにきて旦那が連れていかれた。そのとき、何度も犯罪に手を染めている人なのだと初めて知った。

出会ったときは、優しくていい人に見えた夫は、実は悪いことをしては捕まり、出所してはいことをしてを繰り返す人だった。

あぁ、だからみんな結婚に反対してたんだ。

聞く耳を持たなかった自分を呪った。

そのうち、私も犯罪に協力させられるようになった。小さなころから器用だった私は、大抵のことは何でもそつなくこなすので、夫には好都合だったのだろう。

どんなに利用されても、何度裏切られても、夫から離れられず、ずっと彼の帰りを待っていた。

この人から離れると、私は生きていけない——

私はそんな呪縛にかけられているのだ。今も。


夫が新しいことを思いついたと言い出したのは去年のことだった。

私はうんざりしていた。

どうせまた捕まるのに、どうして懲りないんだろう。

そんな気も知らず、夫は安いお酒を飲みながら意気揚々とそのシナリオを語り出した。

「次のターゲットは子どもだ。まず、犬を飼う。ガキにも人気のチワワかダックスフントくらいがいいかな。お前は、下校時間に合わせて、小学校のまわりを、犬をつれてうろうろと散歩する。すると犬好きなガキはかわいいと触れ合ってくる。一か月ほど頻繁に顔を合わせてお喋りすれば、ガキからしたらお前は立派な〝知り合い〟に昇格する。知り合いになったところで、今日は犬はお留守番してるから家に遊びにおいでと誘うんだ」

「商店街の近くに空き家を借りた。そこをダミーの家にするから、家具やら何やら用意しとけよ。ちょっと洒落た感じにな。そのダミーの家にガキを連れてこれたらこっちのもんだ。犬とじゃれ合うガキに家具やら食器やらを壊させる罠をしかけとくのよ。まんまと罠に引っかかって家具を壊したら、ガキの親に弁償しろって請求するんだよ」

「もちろん家具は本物の高級品じゃない。見栄えのいい安物を置いておくってのがミソだな。ガキの親は、我が子が他人の家のものを壊してしまったという負い目から、簡単に言い値を支払うはずだ」

動物好きでおとなしそうな小学生と仲良くなり、家に誘って遊びに来させるようにと命じられた。

純粋な子どもを巻き込むなんて……。

多少の抵抗と罪悪感を覚えたが、昔ほど思い悩むこともなくなった。もうそんな感覚も麻痺してきてしまった。

私にも夫の共犯者としてのいくつもの前科がある。

その過去を背負い、良心から目をそらして悪いことをする。

私には、悪いことをするときの掟がある。

純粋な人の、瞳の奥を覗いてはいけない――

きらきらと輝くその領域を見てしまえば、心の奥底が揺さぶられてしまうから。

悪いことなんかできなくなってしまう。

この地域で一番大きな三池小学校の児童からターゲットを見つけることにした。たしか近くに喫茶店があったはず。そこから登下校をする児童を観察しよう。一人で下校していて、友達は少なそうで、危機意識が低そうな低学年か中学年くらいの子がいい。

珈琲を味わうことなんかできない。ここの喫茶店の珈琲は美味しいと評判なのに。私、何でこんなことしてるんだろう？

そんな思いとは裏腹に、着実にターゲットは見つけていった。手慣れている自分に嫌気がさしていた。

ある日の夕方、見つけておいた目ぼしい子に、犬を連れてさりげなく近づいていった。

まずは中学年くらいの男の子。

その子は犬をちらっと見たが、また視線を戻して歩いて行った。

そんなに動物好きではなかったのね……ターゲットを変えよう。

次に、高学年の女の子に近づいて行った。

ちょっと年齢が上だけど、この子ならいけるかな……？

目をキラキラさせて、犬に寄ってきた。

よし。そう思った瞬間、その子の友達が駆け寄ってきた。

「かわいぃ～！　お名前なんて言うの？」

「ポコちゃんって言うの」

笑顔で返答した腹の中で、邪魔者が来た。こいつがいるならダメか、と悪態をつく。

他の子を探さないと……と、顔を上げたとき、少し離れたところからこちらを見ているいる小さな女の子と目が合った。

……いける。

高学年の女の子たちと別れ、笑顔で小さな女の子に近寄り、声をかけた。

「こんにちは」

「……こんにちは」

蚊の鳴くような声だった。

「犬、好き？」

その小さな女の子はこくんと頷いた。

「触ってみる？　嚙まないから大丈夫よ」

嚙まないように、吠えないように、犬を躾けるのも大変だった。

小さな女の子は恐る恐る触りだす。

女の子が犬を触っている間、何か会話のきっかけになるものはないかと、その子を舐めるように見る。

「素敵なランドセルね」

水色のランドセルには、ピンクの糸でレースとリボンの刺繡が施されている。

「お気に入りなの」

女の子は嬉しそうな顔をした。

それから毎日、その女の子の下校を待ち伏せし、偶然を装って声をかけた。

半月ほどすると、女の子は心を開いてくれて、よく喋るようになった。

犬も女の子になつき、見つけると大喜びで飛び跳ねながら尻尾を振る。

そろそろ頃合いかな。

金曜日。その日は犬を連れずに女の子の元に行った。

「おばちゃん、ポコちゃんは？」

「ポコちゃんね、怪我しちゃってお留守番してるの」

「ポコちゃん大丈夫？」

「ちょっと元気ないかな……」

「かわいそう……」

「ねぇ、うちに来ない？　ポコちゃん、あなたのお顔を見たら元気になるかも！」

「うん！　行く！」

女の子と手をつなぎながら、商店街の近くのアパートに向かった。

小さなその手は、柔らかくて温かかった。

アパートに着いて、玄関を開ける。

「ポコちゃん！」

本当は怪我なんてしていないけど、前足に包帯を巻いて、首にエリザベスカラー（ラッパ状の保護カバー）をつけていた。

犬は女の子を見て喜んで走り回る。

「やっぱり！　あなたと会えたら元気になったわね！　よかった。ポコちゃんと遊んであげてくれる？」

その一言で、女の子も犬の後を追って家中を駆け回った。

女の子の手が、戸棚にとんっと当たったとき――

ガシャン
戸棚に置いてあったお皿が床に落ちて割れた。

戸棚の脚の長さを不揃いにして不安定にしておいた。お皿を置いていた台も傾けていた。お皿自身も、一度割って雑にくっつけておいただけなのでいとも簡単に割れる。

でもそんなことを知らない女の子は、今にも泣きそうな顔をしながら、

「ごめんなさい」と、震える声で謝ってきた。

そこに、強面の夫が現れる。

「お父さんかお母さんに連絡取れるかな」

ここまでが、私の仕事。


とんとん拍子で事はうまく運び、数人からお金を巻き上げることができた。

次はどの子にしようか……？　そろそろ都合の良さそうな子も少なくなってきたと、半ば諦め半分で標的を探しているとき、彼に出会った。

ひと目見たときから私の目は彼の姿にくぎ付けになった。

細身の身体。色白で、少しウェーブのかかった髪型。齢はいっているけど、若いこ

ろに憧れていた男性像そのものだった。

寡黙で何を考えているのかわからない。そこがまた魅力的。

その男性はこの喫茶店にほぼ毎日通ってくるわりには、マスターとも奥さんともあまり話をせず、ただ珈琲を飲んで帰っていく。

たまに私と目が合っても、彼はすぐにそらした。

ただ、彼のまっすぐそうな目に惹かれた。

きっとこの人はまっとうに生きてきたんだろうと思った。

犯罪の片棒を担いできた私とは違う。

〝純粋な人の目の奥を覗いてはいけない〟

関わってはいけない。

そう思う反面、彼が気になって仕方がなくなっていく自分に気づいていた。

珍しくマスターとお話ししている、とか、今日は珈琲だけじゃなくてランチも食べるんだ、とか。気づけば、来る日も来る日も彼のことを見ていた。

ある日、とうとう我慢できなくなって、思い切って彼に声をかけてみた。

「お近くにお住まいですか？」

「ええ。隣町に住んでいます」

彼は照れ臭そうに返してくれた。

名前を聞かれ、咄嗟に佐藤淑子と名乗った。

淑女の淑。せめて偽名だけは素敵なレディでいたいという願望の表れだった。

そして独り身だと嘘をついた。

少し会話をしたら楽しくて、もっと仲良くなりたいと思ってしまった。

それに――

たぶんこの人は私に好意を持ってくれている。私の中の女の直感がそう言っている。

私のことを駒や道具ではなく、女性として見てくれる。それが嬉しくて、とても心地よかった。

それからたくさん話すようになった。

思わせぶりな態度をとったり、あっさり引いたりして彼の反応を見る。こんな駆け引きみたいなこと、若いころからずっとやってみたかった。私は旦那としか付き合ったことがなかったし、旦那はそんなことさせてくれるタイプじゃない。この齢になってできるなんて。まるで自分が〝いい女〟になったみたいで嬉しかった。

彼は私の予想通りの言動をしてくれる。とっても純粋で愛らしい。

喫茶店での彼との何気ない会話、そのひとときが私にとって、とても大事な時間になった。

喫茶店を出て夫の元に帰れば、また現実に引き戻される――

奥さんとは数年前に死別したって聞いた。

だったら、

「僕と一緒になろう。一緒に暮らそう」

そう言ってくれるんじゃないか――

そんな期待まで抱くようになってしまった。そうなれば今の暮らしから逃げることができる。夫の奴隷のような生活から解放される。

でもそう上手くはいかない。


ある日を境に、彼が喫茶フィリオにしばらく来なくなった。

何かあったのかしら……。

もしかして私が人をだましていることを彼に知られた？　でもここ最近は、小学生の偵察をしているだけで派手な行動はしていない。

彼とのお喋りに夢中で、偵察すらロクにできていなかったけど。そのせいで次のターゲットがなかなか見つけられず、夫の機嫌がすこぶる悪い。

この間の雨の日も、商店街で夫に怒鳴られてしまった。

ちんたらしてんじゃねぇ――と。

そのあと、あのアパートで、夫は私に不満と怒りをぶつけてきた。

物を投げられ、髪をつかまれ、たばこの火を近づけられ……でも、決して痣にはならないようにしているのがいやらしい。

何で私はこんな人と一緒にいるんだろう。

彼なら、私を怖がらせるようなことはしないんだろうな……。きっと大切に扱ってくれる。宝物のように。

そんなことを考えながら一人で珈琲をする。味がしない。彼と一緒じゃないと味がしない。こんなに美味しい珈琲なのに。

今、彼は何をしているのかしら……。


半月ほど経ったころ、彼が久しぶりに喫茶フィリオに顔を出した。

ひどくやつれた表情で、少し痩せたようだ。私は駆け寄らずにはいられなかった。

何かあったの？——

彼は大したことないと言った。でも一瞬戸惑っていたし、彼の表情からは、ショックなことがあったのだろうと容易に想像できた。

何か力になってあげたい――

そう思って私は連絡先の交換を提案した。

だけどあっさり断られた。断られるとは思ってもみなかった。この人は私のことが好きなはずじゃ……？

やっぱり私のしていることがバレたのかしら……それで愛想をつかされた……？

そんなことを考えているうちに、彼はお店から出て行ってしまった。

私は焦った。

私のやすらぎがなくなってしまう。

また孤独に戻ってしまう。

あなたを手放したくない！

行かないで――

私は懸命に彼を追いかけ、つかまえた。

彼を落ち着かせて話を聞くと、素直に心の内を打ち明けてくれた。

どうやら詐欺のことを知ったわけではなかったようだった。

感情が溢れて言葉にできない様子で、それがたまらなく愛おしい。

僕はあなたに惹かれている――

やっとの思いで彼が口にした言葉。知ってる。バレバレよ。

でも嬉しかった。この上ない幸せを噛みしめていた。

夫のこと、詐欺のこと、全てのことを棚上げして、この恋を楽しんでやろうとデートに誘った。


デート当日、わざと少し遅れていった。彼は、ドキドキしながら私を待っててくれているかな。

待ち合わせ場所にいた彼は、いつもより少しお洒落な格好をしていて、普段にも増して格好良かった。

美術品には全然興味なんてない。でも腕を組んでゆっくり歩くには最適。だから、彼とデートするなら美術館と決めていた。

でも実際彼と腕を組んでみると、もっと楽しめる場所に行きたくなって、美術館をさっさと出てしまった。

レストランへと向かう途中、アクセサリーショップがあったので入りたいと言った。彼は嫌な顔ひとつせずについてきてくれる。しかもイヤリングをおねだりしたらプレゼントしてくれた。

私の言うことに耳を傾けてくれる。私の願いを叶えてくれる。なんて気持ちがいいんだろう!

ディナーは、行ったこともない高級なお店に連れてってくれた。

見るもの全てが美しい。美味しい。私は有頂天で料理を食べ、お酒を飲み――飲みすぎた。調子に乗りすぎた。私、こんなにお酒弱かったかしら……。

最近は寝るためだけにしかお酒を飲まなくなっていた。お酒の力を借りて、嫌なことを意識とともに飛ばしてしまう。そうしないと眠れない。

だからこんなにまっとうに酔っぱらったのは本当に久しぶり。吐きそうで気持ち悪いけど、気分は爽快。

ふらふらな私を、彼は優しく支えてくれた。

「水、いっぱい飲んだ方がいいよ」と、わざわざ買ってきてくれた。

その優しさによりかかりたい。

「このままずっとこうしていたいなぁ」

いいよって言ってほしい。そう思いながら彼の顔を見た。彼はしばらく真顔で何か考え込んだ後、ふっと笑って、私を抱きしめてくれた。

そんなことできるような人ではないと思っていたので意外だった。緊張している様子もなく、すごく手慣れた感じがする。

何か雰囲気変わった……?

その小さな疑問は、抱きしめてくれたことへの大きな喜びに呑み込まれて消えていった。

次を期待してもいいのかしら――

ドキドキと胸を高鳴らせていると、彼はこう言った。

「さあ、帰ろうか」

今日はこれでおしまいか……と、しょぼくれながらも、ひとりで歩けない私は、彼に身体を預けた。

タクシーに乗ると、家の場所を聞かれた。自宅……でいいよね？　ダミーの家に彼を連れて行ったところで、何か勘づかれるかもしれないし。

花見町と答えると、タクシーは出発した。

揺れるタクシーの中で、私はずっと彼によりかかって目をつぶっていた。彼の体温が温かい。ずっと彼に触れていたい。家に帰ったらまた夫が――

夫!?　そうだ！　家には夫がいる!!

夫に彼と一緒にいるところなんか見られでもしたら、どんなことになるか……。

一瞬で酔いが醒めた。

ここはどこ!?　できるだけ家から遠いところでタクシーを降りなきゃ……。

えっ、もうすぐ花見町!?

「ここで止めて！」

思わず叫んだ。

早く降りなきゃ。夫に見つかる前に離れなきゃ。

タクシーを降りて、精一杯の笑顔でお礼を言った。

また、私を夢の世界に連れて行ってね。その思いを込めていつものように彼に言った。

「またね」

次の日、私は昨日の余韻を噛みしめながら喫茶フィリオに行った。

「マスター、おはよう！」

いつもより機嫌のよい挨拶だったと思ったんだけど、マスターは心配そうな顔を向けてきた。

昨日のお酒がまだ残っているのかしら？　今朝、鏡で見たときはそんなに酷くないと思ったんだけどな。

いつもの席に座り、いつもの珈琲を注文し、いつも通り一口飲んで……急に天地がひっくり返った。

あれ？

何が起こったの？

マスターと奥さんが真っ青な顔で駆け寄ってくる。

私は二人に話しかけているが、一向に内容が伝わらない。

私の意識はそこで途切れた。

事の顛末

搬送されてから二日後に彼女は目を覚ましたらしい。

脳梗塞で倒れた彼女は、一命はとりとめたものの身体の一部に麻痺があり、今は喋れる状態ではないとのことだった。

あの日、いったん家に帰って孫から詳しく話を聞いたあと、すぐに警察に相談に行った。

三池小学校の関係者から同じような相談が数件あり、警察はすでに捜査を始めていたそうだ。

捕まるのも時間の問題だったのか――

彼女の本名は光川花江。今まで詐欺の容疑で何度も逮捕された常習犯だった。

詳しくは聞かなかったが、あるときは不動産関係者になりすまし、またあるときは銀行員になりすまし、霊媒師にもなりすましたことがあるらしい。

人をだました数だけ偽名があるのだろう。

〝佐藤淑子〟もそのひとつだったというわけか。

とすると、私もターゲットだったのだろうか。結婚詐欺か、それとももっと他の詐欺か……？

喫茶フィリオで声をかけてきたのも、デートに誘ってきたのも、私に近づいて心を開かせるため？　惚れた弱みに付け込んで、金をむしり取ろうとでも思っていたのか。デートでべろべろに酔っぱらったのは、隙を見せて安心させるためだったのか。いや、酔っぱらったふりをしただけで、本当は全然平気だったとか。

全ては私から金品を搾取するためだったのか――？

何度も何度も考えてみたが、どうもしっくりこない。

あのデートが詐欺のための計画によるものだったとしたら、あまりにもお粗末だ。せっかく入った美術館からはすぐ出るし、安物のアクセサリーをねだってくるし、自分の話ばかりしてくるし。レストランでは悪目立ちしすぎだ。

私が詐欺犯だったら、デートではもっとスマートに振る舞う。少なくとも相手を不快な気持ちにはさせないし、周囲にも気を配るだろう。失敗したら、警察に逮捕されてしまうのだから。

そんな緊張感をもっているようには感じなかった。

それに、彼女が時折見せた曇った表情……。

怯えたような、疲れたような……あれが偽りの顔だったとは思えない。

彼女もまた、誰かにいいように使われていたのだろうか。もしかしたら、彼女の夫に――。だったら、気の毒なことだ。彼女も彼女でつらい状況だったのだろう。

しかし、不憫には思うが、彼女を庇う気はない。

孫と娘を危険な目に遭わせようとしたことは事実だ。

もし彼女が倒れていなかったら、瑠夏はあのまま連れていかれて、怖い思いをさせられたに違いない。

怒りで身体が震える。

もう彼女とは会わない。関わりたくない。

連絡先も消去したし、娘に着信拒否の設定もしてもらった。

彼女と関わるものは全て断ち切る――つもりだったが、ひとつだけ断ち切れなかったものがある。

喫茶フィリオには、その後も通っている。

事件後、喫茶フィリオに行くのもやめようかと思っていた。

彼女との出会いの場であり、共通の場でもある。もし彼女が、体調が回復してまた私に近づこうとするならば、まずここに来るだろう。もしまた彼女に会ってしまったらどうする？　私はどうしたらいい？

しかし、あの美味い珈琲を手放すのは惜しいし、マスターや奥さんには会いたいなぁ……と悩んでいると、それを察したのか、娘が話しかけてきた。

「お父さん、最近あの喫茶店に行ってないの？」

「あぁ、まぁ、ちょっと行きづらくてな」

「もしかして、あの女の人とまた会っちゃったらどうしようとか思ってんの？」

「………」

「やっぱりそうなんだ」

「もし会ってしまったら、どうすればいいのか、俺には……」

「何もしなくていいんだよ。逆に何をしようって言うのよ。お父さんが悪いことしたわけじゃないんだから、お父さんが遠慮することないじゃん。もし会っちゃったら、毅然とした態度をとればいいんだよ」

「そうか……」

「そうだよ。それに、きっとマスターと奥さんも助けてくれるよ」

この娘、たまにすごくいいこと言うなと思う。

確かに娘の言うとおりだ。何故私が逃げなければならない。

そして私は、一人じゃない。

「だからお前、俺に外へ出ろ、外出してこい、って散々言っていたのか？　いざという時に助けてくれる仲間を作れと」

「え？　違うよ。認知症防止になるかなと思って言ってただけだよ。仲間を作るなんてハードルが高いこと、お父さんに期待してないよ。ははっ」

娘は嘲笑している。

「あ、できたのか。マスターと奥さん、仲間になってくれたのか。よかったねぇ！」

「…………」

愚弄されている感じが少し癪にさわるが、この娘にも感謝している。

私はいい娘を持った。

妻の仕事

あの一件以来、娘と瑠夏はよく家に遊びに来るようになった。

そして瑠夏は、とんでもないことを言い出す。

「おじいちゃん、瑠夏、おじいちゃんが作ったお料理が食べたいな」

「えっ？　おじいちゃん、料理なんか作ったことないぞ」

「知ってる」

「わざわざおじいちゃんが作らなくったって、瑠夏のお母さんもそこそこのもの作るじゃないか」

「うん。お母さん、そこそこのもの作る」

「悪かったね、そこそこで」

隣で聞いていた娘が口をはさむ。

「これを機に、お父さんも料理してみなよ」

「そんなこと言っても、俺が作るものなんて、たぶん食べられないぞ」

「おじいちゃん！　やる前からあきらめたらダメだって、木村先生が言ってたよ！」

瑠夏は、おじいちゃんのお料理が食べたいの。食―べーたーいーのっ!!」

あまりにも瑠夏がしつこいので、しぶしぶ挑戦してみることにした。

正論を言う木村先生を恨みながら（会ったこともないが）何を作ろうか悩んでいるうちに、生前妻がよく作っていたものを思い出した。

生姜焼き、野菜炒め、だし巻き玉子、お好み焼き、みそ汁……。

決して派手ではなかったが、バランスの取れた美味い食事だった。

妻みたいには作れないだろうが……とりあえず、本に書いてあるレシピを参考に、一品作ってみた。

「おじいちゃん……これ……なに……？」

「なにって、ナシゴレンだよ」

「えっ？　ナシゴレン!?　い……いただきます……」

「どうだ？　美味いか？」

「……」

「ちょっと子どもの口には合わなかったかな」

「お母さん……食べてみて……」

「え……お母さんも食べないとダメ？」

「お母さんも食べてっ！」

「……!?　……お、お父さん、なんで料理初心者がインドネシア料理に手を出すの？」

「そんなに酷いか？」

自分も食べてみた。

「……ぉ……」

これは……不味くて不味くてたまらない。

料理というものは、簡単にはできないものなのだと初めて知った。

簡単に作っているように見えたのになぁ……材料を買いに行って、食材を切って、フライパンで炒める……の前に、フライパンを探し出すのに随分と時間がかかった。炒めたら焦げるし、調味料は飛び散るし、味見で舌をやけどするし……やっとの思いで作りあげた。

作り終えたキッチンを見ると、コンロは具材をこぼしまくって汚くなっているし、流し台は洗い物で溢れかえっている。これらを、これから全部片づけなければと思うとげんなりする。

妻は、毎日必ず朝食と夕食を用意していてくれた。

しかし私は、飲みすぎた日の翌朝は朝食をとらなかったし、晩も同僚や女の子たちと飲みに行くことが多く、家で食べることはほとんどなかった。

「ごはんは?」

の妻からの問いに、

「いらん」

と、顔も見ずに言っていた。何度も何度も。数えきれないくらい。

私が食べなかった料理を作るのに、どれくらいの時間と労力を費やしていたのだろうと、ナシゴレンの残骸を見ながら思った。

料理だけではない。

妻がいなくなってから、部屋は散らかりっぱなしだ。

最近は娘が少し片づけてくれるようになり、だいぶすっきりとはしてきたが、それまでは床の半分は埋もれた状態だった。

流石に生ごみはこまめに捨てていたが、新聞だの、プラスチックだの、何かの箱だの、そこらじゅうに散らばっていた。まず分別ができない。資源ゴミとは何だ？　リサイクルゴミとは違うのか？　使い終わった乾電池は何ゴミだ？

階段の電球はずっと切れたままだ。

電球を買いには行ったが、いろんなサイズがあってどれを買えばいいのかわからない。適当に買ってつけようとしたが、上手くはまらず、それっきりだ。

夜になると暗くて不便で、二階にある寝室に行くことも億劫になり、リビングのソファで寝るようになってしまった。

寝ると言えば、この布団はいつから干していないんだろう。くたくたで冷たくて寝心地が悪い。

妻は、天気が良ければ頻繁に干してくれていた。太陽の香りがすると心地よくて、いつもよりも気持ちよく寝られたものだった。

洗濯も面倒くさい。

しかし、数日洗濯をさぼると着るものがなくなる。しかたがないので洗濯機を回すのだが、回したっきりで干すのを忘れてしまう。干したら、取り込むのを忘れてしまう。取り込んだものは、部屋の片隅に山になっている。その山から着るものを探す。

ここ二年、衣類を入れるタンスの中はほとんど空の状態だ。

庭は荒れ放題になった。

妻は花が好きで、元気な時は花を植えたプランターを庭にたくさん置いていた。

四季折々いろんな花が咲いて、庭はとても色鮮やかだった。

だが、いつのころからか少しずつプランターが減っていった。今思えば、この先長くは生きられないと知った妻が、自分が死んだあと、私が処分に困ることを心配して、できるだけ片づけていったのだろうと思う。

だから今は、庭にはほとんど物がない。

しかし、雑草がものすごい勢いで生えてくる。除草剤を撒いても生えてくる。何なんだあいつらは。夏なんか数日でボーボーになる。

妻は、真夏の酷暑の中でも、こまめに雑草を抜いていてくれたのだろう。そうでなければ、あんなに綺麗に保たれていたはずがない。

不自由のない暮らしをするためにどれだけの手間がかかっていたのか、妻がいなくなって初めて気づいたことはたくさんあった。

何の文句も言わず何十年もそれをこなしてきて、感謝の言葉をかけられることなく死んでいったのだ。

大人しくて控えめな性格だった妻は、怒ったり怒鳴ったりしたことはなく、いつもにこにことした穏やかな表情だった。

病気も本当は相当苦しかっただろうに、誰にも心配をかけないように末期までずっと隠していた。

本当は私に言いたいことは山ほどあったのではないか。

してほしいこともたくさんあったのではないか。

思えば、結婚してからどこかに連れて行ってやることもなく、何か喜ぶようなことをしてやった記憶もない。

妻は、私といて幸せだったのだろうか。

妻の残影

ある日、珍しく娘だけではなく、二人の息子たちも家にやってきた。

子どもたちが皆集まれば、小さかったころの思い出話に花が咲く。

「あんた、壁にクレヨンで落書きして、よくお母さんに叱られてたよね」

「姉ちゃんこそ、母さんの口紅を勝手に使ってひどい顔になってたじゃん。あれはすごかったよ。トラウマ級。今でも思い出しただけでちょっと鳥肌立つもん。それ見た母さんは爆笑してたけどね」

「あたしそんなことしたっけ。三年前くらいに瑠夏が全く同じことしてたわ。あれは私からの遺伝だったんだね」

「怖かったでしょ」

「めっちゃ怖かった」

「自分はそんなことしてたくせに、俺とか兄ちゃんがなんかしたとき、姉ちゃん俺たちにすっげぇ怒るんだよ。どえらい剣幕で。母さん、ずっと姉ちゃんをなだめてたじゃん」

「あんたが鼻にピーナッツなんか詰めるからでしょ！　お母さん真っ青な顔してたんだから！」

「あれは、俺の鼻の孔とピーナッツと、どっちが大きいか実験してたんだよっ」

「どっちが大きかったの？」

「ピーナッツの方が大きかったから取れなくなったんだよ。無事に取れたあと、ほんとにもうやめてねって母さんに涙目で言われてすっげぇ後悔して。だからあれ以来やってない」

私の知らない妻の話が出てくる出てくる。

私は家にあまりいなかったから何も知らなかったのか。いや、知ろうともしなかったのか——

私の気持ちを知ってか知らずか、長男がこんなことを言い出した。

「母さんって、いつも父さんのことを一番優先してたよね」

他の子どもたちも頷きながら続ける。

「今日はお父さんが早く帰ってくるから、とか、お父さん風邪気味だから、とかいう理由で晩御飯の献立が決まるんだよ。私ら子どもの意見が反映されることなんて滅多になかったよね」

「そうそう！　俺がどんなにカシューナッツ炒め食べたいって言っても、最近お父さん胃腸の調子が悪いから、消化の悪いものはダメって言って作ってくれなかったもん」

「ピーナッツの次はカシューナッツか」

「俺、カシューナッツは鼻に詰めてないよ!?」

「母さんは父さんが言いそうなこと予想して、いつも当ててたな。小さいころは、母さんは超能力者だと思ってた」

「父さんのこと、よくわかってたもんね」

「お母さん、若いころにお父さんとデートした時のことを嬉しそうに何度も話してたね」

「そのときに父さんにもらった手袋、死ぬまでずっと使ってたなぁ」

「あの手袋、どうしたっけ？」

「出棺の時に棺に入れたよ」

手袋……？

あぁ、そうだった。私も思い出した。

あれは見合いの後の二回目のデート、晩秋の寒くなってきたころのことだった。

確かあのときも美術館に行ったのだ。

上司の薦める見合いの相手だし、他の女の子とのデートで行く場所に連れていくわけにもいかない。どうしようか迷っていたときに、タイミング良く知り合いから美術館のチケットを二枚もらったので、そこにしようと軽い気持ちで決めたのだった。
一、二回しか会ったことのない、よく知らない女性と興味もない美術館に行ったところで、大して面白くはないだろうと思っていた。
しかし――

思いの外、非常に楽しかった。

妻が作品の時代背景や裏話などをよく知っていて、それを聞きながら回るととても面白かったのだ。

美術館が楽しいと思えたのは、後にも先にもこの一回きりだ。

女性とのデートでこんなにもリラックスできたのも、このときだけだった。

時間はあっという間に過ぎた。

「ありがとう。とても楽しかったです」

お世辞ではなく、心からの声だった。

その言葉に、妻はとても嬉しそうな顔をした。

お礼にと手袋をプレゼントした。そんなに高級なものではなかったが、深紫の落ち着いた色合いが妻によく似合っていた。

妻はこちらが恐縮するほど何度もお礼を言ってきた。それまで何度も女性にプレゼントをしてきたが、こんなにも感謝されたのは初めてで新鮮だった。

次の日、見合いの仲人でもある会社の上司から声をかけられた。

「昨日のデート、どうだった？」

「えぇ、楽しかったですよ」

「へぇ。君が楽しかったなんて言うの、初めてだね。いつも『まあまあでした』とか『ぼちぼちでした』くらいしか言わないのに」

「そうでしたか？」

「まぁ楽しかったならよかったじゃないか。美術館に行ったんだろ？」

「ご存じだったんですね」

「向こうの娘さん、美術には全然興味がなかったんだけど、君とデートで行くからって勉強しまくったらしいよ」

「あぁ、だから――」

だからあんなに詳しかったのか。

「ん？　だから？　だから何だ？」

「いえ、なんでもないです」

私なんかとのデートのために、わざわざ勉強してくれたことが素直に嬉しかった。

「健気でいい子じゃないか。結婚したら？」

「そうですね。そうします」

「え？　ほんと？」

「はい、結婚します」

「そ、そうかそうか！　じゃあ、先方さんに伝えとくよ！　いやぁ、あまりにも君が直ぐに決めたからびっくりしちゃったじゃないかぁ。あっはっはっはっは」

こうして、私は妻との結婚を決めた。

結婚後も、妻は何も言わずとも私が望むことをしてくれた。

派手なことはしなかったが、ちょうど痒いところに手が届くような、私にとって非常に心地よいものだった。

常に私の気持ちに寄り添い、私のことを思ってくれていた。

それに比べ、この間の佐藤淑子、いや、光川花江とのデートは、お世辞にも心地よいものとは言えなかった。

彼女は、終始自分の要求ばかりぶつけてきた。若いころに寄ってきた数多くの女の子たちと同じように。それに気づいてしまった私は、デートの途中から彼女に対する特別な想いが薄れていってしまったのだろう。

特別な想い――

私は何故、妻に対しては特別な想いを抱かなかったのだろう。

妻からは、長い年月この上ない温情を毎日受け取っていたのに。

いつしか私にはそれが当たり前になり、淡々と流すようになってしまった。

そして妻に対して興味を持たなくなった。

甘えていたのだろうか。〝妻〟という肩書に。彼女が妻でなかったら、恋人だったら、私はどうしていただろう。

もっと大事にしていただろうか。

あの手袋を晩年まで使っていたなんて。

私はそれすらも知らなかった。

もうボロボロだっただろうに。

今更気付いた妻の私への深い愛に、涙が止まらない。

もっと話を聞いてやればよかった。

もっと喜ぶことをしてやればよかった。

もっと一緒にいてやればよかった。

もっと大切にしてやればよかった。

もっと――
もっと早くに気付くべきだった。
妻が生きているうちに。
もう遅い。
どんなに願っても、妻が私のところに戻ってきてくれることはない。
私は大馬鹿だな……。
「お母さん、幸せだったと思うよ」
娘のひと言が心に沁みた。

母の幸せ

母は、大人しい性格の人だった。

私が覚えている限り、母が大声を出したのはたった一度だけ。

思春期の私が、

「お父さんなんかいらない！」

と言い放ったとき、その言葉をかき消すかのように、

「やめなさいっ」

と叫んだ。

私も弟たちも、父でさえ驚いた顔で母を見た。しばらく誰も言葉を発することがで

きず、家は静まり返った。

その時の私には、何故母がそこまで怒るのかわからなかった。

父は、平日も休日もほとんど家におらず、家事も子育ても自治会も行事ごとも、全て母がひとりで担っていた。

遊びに出かけたときも父がいた記憶はない。写真には、私達子ども三人と母しか写っていない。

「なんでお父さん今日もいないの？」

と聞く私たちに、母は、

「お仕事のお付き合いよ」

と言っていた。

でも、夜遅く帰ってきた父のスーツには女性もののキツい香水の匂いが染みついていたし、たまにシャツに口紅がついていることもあった。

子どもでもわかる。仕事のお付き合いなんかじゃない。女の人といたんだ。しかもかなりくっついてたんだ。

スーツのポケットからピアスが出てきたこともある。母は、ピアスの穴はあけていない。

幸い見つけたのが弟だったので、母に見つかる前に弟の宝箱に放り込んだ。

宝箱が開いてしまわないように、がちがちに紐で縛って、ぐるぐるにガムテープで巻いたら弟も開けられなくなってしまい、しばらく大泣きしていた。

母は、一番下の弟が小学生になったのを機に、家計の足しにと、お弁当屋さんでパートも始めた。お料理のレパートリーが増えていいでしょ、なんて朗らかに言っていたけど、家事との両立はかなりハードだったに違いない。

お父さんが女と飲み歩いたりせずに、そのお金を家に入れてくれれば、お母さんは働きに出なくてもいいのに。

自分だけ好き勝手している父を、どうして好きになれようか。私は父のことが気持ち悪くてしょうがなかった。

大人になって自分が結婚してから、母に言ったことがある。

「お母さん、今更だけど、お父さんと離婚してもいいよ。お母さんだけならうちで養ってあげられるし、一緒に暮らそうよ」

「ダメよ。お父さんどうするの」

「ほっときゃいいじゃん。子どもじゃないんだから。一人でもなんとかなるでしょ」

「あら。お父さんは子どもよりも何にもできないのよ」

「……なんでお母さんはお父さんと別れないの？　しんどくない？」

「しんどくなんてないわよ。好きでお父さんといるんだから」

「お父さんのどこがいいの？　何に惹かれて一緒になったの？　あたしはあんな人と結婚するなんて無理だわ」

「お父さんね、若いころ、とっても格好良かったのよ」

「……ん？」

「初めてのデートのとき、待ち合わせ場所に来たお父さん、俳優さんみたいだった」

「……え？　顔に惚れたの？」

「一目惚れよ」

　母は顔を赤らめた。

　意外だった。母はどんなときも冷静にものごとを考えて行動するひとだったから。一目惚れという、衝動的な言葉が出てくるとは思わなかった。

　驚愕の顔をしている私とは対照的に、母は嬉しそうな顔をしながら続けた。

「何のとりえもない私が、あんなに格好良いひとと結婚できるなんて夢みたいだった。お見合いも断られるとばかり思っていたのよ」

「でもお父さん、結婚後も家庭を顧みずに毎日飲み歩いてたし、浮気だってしてたじゃん。お母さんも気づいてたんでしょ？」

「ふふ。そうね。でもあの顔だもの。他の女性だって放っておかないでしょ。それも承知で結婚したのよ。お父さん、私には隠していたつもりでしょうけどね。子どもにもバレるくらいなんだから。隠すの下手よね」

「…………」

「信じられないって、顔に出てるわよ。そうね。信じられないかもしれない。でも、私は幸せなの。お父さんが、どんなに外で他の女性と遊んでいても、帰ってきてくれたら、それだけで充分幸せ。私のことなんて見ていなくてもいいのよ。私がお父さんのことを見ることができたら、それでいい。お父さんの世話をすることが幸せ。お父さんの傍にさえいられたら、私は幸せ」

「今も？」

「今もそうよ。ずっと変わらない」

「そっか。あたしには理解できないけど、お母さんがそう思ってるなら、お父さんと離婚しろなんて言っちゃダメだね」

「そうよ。お母さんの幸せ、取らないでね」

その話を聞いてから、父に対する嫌悪感がなくなった。

母が幸せなら、それでいい。母が納得しているなら、父を恨む必要もない。

それから数年して、母は亡くなった。
亡くなる数日前から昏睡状態だったが、息を引き取る間際に目を覚ました。
目を覚まして、父を見た。
ベッドの傍らで何もできずに突っ立っている父を見て、ふっと笑って目を閉じた。
最期の最期に父を見ることができた母の顔は、とても幸せそうだった。

愛慕

子どもたちが帰った後、仏壇の前に座り、妻の写真を手に取った。

思えば、妻と面と向かって話したことが何回あっただろうか。

写真の妻に向かって話しかけた。

「俺は、全てお前に任せっきりだったな。家のことも、子どもや孫たちのことも、俺のことも。お前の優しさに甘えっぱなしだった。過去を思い出せば思い出すほど俺は酷い奴で、お前には苦労をかけたと思う」

声が震えてくる。

「ずっと傍で支えていてくれたお前に、俺はどうして気づかなかったんだろう。今になって後悔しても後の祭りだ。自分の愚かさに嫌気がさすよ」

外は茜色に染まり、下校途中の小学生の笑い声が聞こえてくる。

「もう一度やりなおしたい、なんて言ったら、お前は怒るかな。いや、お前なら『やぁね、お父さん。もう遅いわよ』って笑うかな」

写真の妻は微笑んでいる。

その笑顔に、また甘えてしまいそうになる。

生まれ変わったら、もう一度——

「生まれ変わったら……生まれ変わったら、次はもっとお前を大切にしてくれるひとと一緒になってくれ」

自分の放った言葉に、涙が出てくる。

「本当に……本当にすまなかった。こんな俺を、お前は許してくれるだろうか……」

乾いた風が吹いてきて、年中吊るしっぱなしになっている風鈴がチリンと鳴った。

その音が、なぜだか妻の笑い声のように聴こえた。

次の日からも、ひとりの生活は続く。
妻の、子どもたちの、私の家族の思い出が詰まったこの家で。
何事もない、平穏な日々。
それを長年守ってくれていた妻はもういない。あとは私が守っていかなければ。
虚しくはない。
ただ、少し、寂しい。

著者プロフィール

岡本 享子（おかもと きょうこ）

1988年、大阪生まれ。
大阪教育大学卒業。
一般企業に勤務しながら執筆活動を始める。
趣味はピアノ。
2児の母。

愛慕

2024年5月15日　初版第1刷発行

著　者　岡本 享子
発行者　瓜谷 綱延
発行所　株式会社文芸社
〒160-0022　東京都新宿区新宿1－10－1
電話　03-5369-3060（代表）
03-5369-2299（販売）

印刷所　株式会社フクイン

ISBN978-4-286-24902-5